句集

木椅子

稲村茂樹

紅書房

句集　木椅子　目次

装幀・装画　木幡朋介

句集　木椅子

花水木

横文字の答案用紙冬日満ち

老眼鏡くもらす母の晦日そば

西部劇見て東風の中突走る

春型の髪に電車の速度感

蠅生る無心の手紙なめて封

冬の海青年のシャツ真つ赤船も赤

どこまでも貨車押す秋の操車場

初市や毛布へガサッと農夫の手

春暁の列車工区を真つ二つ

貨車押す男誰も見てゐる凍てホーム

白菜嚙んで卒業試験明日終はる

母慕ふドラマ花火は地ではじけ
汗でとけるカーボンの黒出張記
落葉に混じる錆鉄工員声からませ

立春の柵を越えたり人と馬

ストリップ見て望郷の雪の里

汗の手で硬貨を探し買ふ煙草

暖房車独身者の持つ鍵の束

蟬時雨ギターの切れた第三弦

父母遠し見合ひをせんと雪に触れ

終戦記念日広告ビラの赤い文字

鉄に塗るペイント冬の陽を溶解

味噌汁のにほひどこかに帰省バス

廃港の宿の縕袍の紐の赤

冬海の宿に母訪ひ母と眠る

白薔薇の咲く土地にゐて婚約す

扇風機の裏に座つて旅仕度

炎天や幼児届かぬものに五指

蜥蜴見し他郷の寺の石磨滅

婚決るレモン輪切りに良く切れる

咳いて手紙二度目を読み始む

水族館出て冬の海青過ぎる

海女の家白い物干しいわし雲

ふるさとの氷柱透かして父母の老い

門松に触れて離郷の靴を履く

梅咲くや街に髪型同じ人

板前の高い下駄の歯さくら咲く

炎天の鉄橋渡る車中の恋

普段着の警官と逢ふ年の暮

鶯の鳴くや欠勤朝決める

長男誕生

吾子生るビールあふれよ泡立てよ

片蔭をはみ出し母と連れ歩く

朝から蟬ホームいつもの位置に立つ

児を笑はす部屋半分を冬日占め

春宵や歩きたくなり歩く帰路

磐梯の青嶺に向ふ祖父の葬

嶋一つ見え一つ消ゆ梅雨の瀬戸

本買って秋冷腋へはさみ込む

木椅子組む台風の目の中に居て

魚屋の蛸の目に降る冬の雨

腹這ふを児に真似られて冬ぬくし

啓蟄や砂場の砂の山と川

みどり児

凧の位置定まり第二子誕生す

長女生後一ヶ月

福寿草みどり児頰の赤い筋

雨雪となりみどり児の瞳に一燈

劇中に雪降る景色雛仕舞ふ

冬晴やロープ張り切り船引く船

蚕飼村一番星は薄野に

指吸へば眠る児外はいつか雪

万緑や振子のごとく吾子駆け来

力瘤見せ合ふ泰山木の花

板前の口笛軍歌終戦日

児に触れてどこも柔らか今朝の秋

病床に雛仕舞ふこと告げらるる

白桃に両掌を濡らし病癒ゆ

地を嗅いで出番を待てり競べ馬

下山して足より蟬の中に入る

曇天に大きな中心花辛夷

綿菓子の奥まで入りぬ祭の灯

秋空の一辺が生む滝の水

鉄塔に平たく載りし鰯雲

寒濤のせり上がり来て鷗発つ

あるだけの波の音聞く冬鳴門

列車過ぎ雪野は倍に拡大す

塩田や黒々として冬に入る

冬蜂の来て止まるだけ男根神

陽に向けて海より放つ冬の日矢

神将の口中の闇梅雨の闇

一村を植田に写す飛騨日暮れ

涼み台だけが新し母生家

大寒の街のうはずみ燃す入日

洗面台の鏡の裏の街吹雪

先端に言葉散りばめ氷柱溶け

菜の花の名残りや大河湾曲す

犬ふぐり博物館裏発掘中
花水木白の周囲は仮眠中
転勤を内示す桜の遅い土地

鯉が吐く泡の広がり花こぶし

白雲は一片の世辞山笑ふ

冬霧の峡の一村早目覚め

雪おこし

いちのへにのへ冬が次第に嵩を増し

暗転でシナリオ閉づる雪の駅

朴訥に雪片耳の裏を打つ
借景の青き風繰る池の水
猩々袴指で動かす人形の眼

沈丁花海の群青厚くして

鬼やらひ少年棒のごとき声

訥々と南部訛の牡丹雪

針のない時計が刻む別れ霜

鉤裂きに夏至の盛りの街曲がる

合せ鏡の中に桜と松の島

島の碑に風化の遅速花に雨

足で哀しむ青葉日暮れの能舞台

大都市の秋の日暮れは銅版画

一対の島寒濤の声一対

一駅一駅津軽吹雪が挙手の礼

丁寧に列車が停まる雪の夜

緑蔭に縞馬の顔泣き笑ひ

父祖の地は蕎麦の花より淡き色

なまはげの村一太刀の雪おこし

雪おこし盃の地酒を波立たす

二輛連結列車貫く雪おこし

湾曲し列車近づきうらら

片目なき案山子や津軽あいや節

菊人形二夕色で成す忍び逢ひ

緋縅の下に菊差す人形師

白鳥の愛語の数だけ湖に波

隠沼《こもりぬ》や甘酒に舌こがしたり

小気味よく会津嶺を打つ彼岸獅子

告げ口を聞き洩らしたり鮟鱇鍋

秋風の詩詞の中心能楽堂

桃食ぶや諸手を桃に溺れさす

伊達領

省略は無し天領の秋桜

冬日向素描の猫が歩き出す

騒音を地から吸ひ込む吊し鮭

裸木の踊る手祈る手呪ひの手

紅躑躅おどろおどろと湯宿暮れ

ひまはりは一揆の後の晒し首

湾一杯一角獣征く神無月

珈琲の冷めるが早し多喜二の忌

早起きの蚕に口笛吹いてやり

天空の吸盤となる紫木蓮

花三椏仁王の力瘤に塵

敗者の地は連翹盛り斗南領

半島の括りの幅を花りんご

かたまりとなる山霧の芯にをり

八十八夜縄文人骨阿と嘆き

立冬や細胞増殖減速す

老酒の酔ひ捨てに行く春燈下

テトラポットを北の春潮軽く嚙み
山藤は不定愁訴の重ね色
伊達領の空気の色の糸蜻蛉

灼けながら観音坐像剝落す

ふり仮名のやうに霧中の街路燈

廃鉄路豪華に繋ぐ冬落暉

大胆に薬の金色寒牡丹
記憶の藍振れば音する桐の花

風花

安達太良の稜線を剪り夏燕

空瓶が口笛吹いてゐる大暑

歯切れよく夕立過ぎる里暮し

紫陽花の色の淡きは蒙古斑

遮断機が記憶を繋ぐ十三夜

縄文土偶の女陰ふつくら収穫期

溶岩流域山の紅葉を曳きずりし

大胆に漆紅葉が山登る

どつすんと冬空重し血を診らる

海図めく城郭に沿ふ春隣

冬ぬくし貝の釦が饒舌に

風花は句読点なき独り言

地軸に立ち白鳥炎の棒となり

光るものみな収束の吾妻山

とつとつと田舎芝居の牡丹雪

山つつじ何処かに鬼が隠るると

湯の町を縦に突ン抜け閑古鳥

モネの絵の池に風やる扇風機

憤死の碑大河澱ます蟬の声

啄木碑の隣り唐黍売る肥満

みちのくの陽の焦点の木守柿

雪礫南部訛でばしゃと散り

紫は記憶の昇華斑雪山

空港まで菜の花空間拡大す

洗ひたての心臓乾かす白木蓮

一村を金剛界に桐の花

ひめさゆり日記に数詞の多きこと

宣戦布告のごとく青田に風起こる

相性は凶節分の豆数ふ

曇天に大きな余白花菖蒲

口中に苦味の残る五月闇

まつろはぬ民の末裔濃紫陽花

出番待つ佞武多吐く息それも朱
まんさくの花や仮説を大胆に
御降を神の言葉の序文とす

料峭や吉祥天女の唇厚し

賞罰なし花菜明りに職を辞す

喝采

梟の目に喝采のさるすべり

届出に右相違無しいわし雲

緩慢に軒端が醸す露しづく
訥々と雪降り積めり五能線
肉厚な焼酎壜や涅槃西風

海苔篊の隙に溢れる寒茜

筒鳥に森の香りを押し出さる

立夏の朝夢の中から白い馬

象の尿終始はつきり秋に入る

秋旱仕舞ひ忘れし象の魔羅

稔り田を告げるに母音のみ遣ひ

のけぞつて熟柿の隙の空数ふ
雪片が津軽ことばで窓覗く
山々の目くばせ雪の降りはじめ

地図上に県境なぞり青葉騒

梅雨寒や空席に置く古書包

尻ポケット角張つてをり秋高し

赤べこのうなづき合うて里時雨

一つ一つ言ひ訳を聴き蜆汁

振り出しに戻り癖つく大枯野

仰々しく扇を使ひ反論す
氏素性哺乳類なりとろろ汁
海酸漿の確かな記憶赤・青・黄

全山の紅葉は俘囚の叫び声

佃煮が歯に引っ掛かり終戦忌

発酵が始まる予感冬の雷

ばらばらで揃ふ園児の運動会

朝寒の新聞錫箔剝ぐやうに

人と人とのあひだ不揃ひ冬の雷

吾妻嶺

隠沼に定住安居の雪をんな

神宿し烏帽子激しく雪を呼ぶ

吾妻嶺を跳ぶ雪形の大兎

春の雪神田界隈こげ茶色

白魚の吐息もろとも四つ手網

虎杖のこの道往けば父祖の墓

白昼の畔焼く煙の草書体

吊り革を握る四日の男の手

「数寄屋橋在りき」碑の前猿廻し
神将の剝落誘ふ春の雪
雪嶺の頂きまでを故郷とす

一叢が暗礁となる花あやめ

網戸透かす猫の真顔が正方形

豪族の墳墓を統べる蟬の声

囀りの中のどれかは美人局

献血車来て白くなる盆の町

桜桃の花咲く出羽の白い磁場

新涼や確かに今朝は男勃つ

点在の島を紡ぎてほとどぎす

露天湯の夏至の残照足で掻き

一音づつ秋気確かむ犀の耳

扇子閉ぢ間合ひを少し長くとり

結末を伏線とする百日紅

蓮の実跳ぶ嘘も真も青きまま

小気味よき噫一つで諾とする

下萌の円墳巡るに右回り

つちふるや猫の診察券小さし

平坦な縞が陽を吸ふ冬菜畑

冬菜断ち切り口喝采叫びたり

和語

早春の和語が並びし和菓子折
下萌は石の鳥居を起点とす

煉瓦塀に添ふ風花の女文字

春暁や抜粋されて雲流る

大空映す水に謎解く蝌蚪の紐

自己愛のてふてふ波止場にて歿す

隠沼の深き傷跡鳥交る

母の香の葛湯の色や花曇

神域を始点としたる柿紅葉

憂国忌音立てて呑む生たまご

響き合ふ物を探しに冬の朝

冬帽子被ればば祖父の山と川

小晦日荷解きの紐に猫纏れ

銅鑼焼に残る歯型や夏浅し

花名札読み回るだけ植木市

自転車が光源となる夏堤

新緑の彩に濃淡築城史

鼻尖るマヌカン水着は三角形

日時計の影に躊躇の夏の蝶

貌・顔・かほの彫刻蟬しぐれ

あぐらかく女の像の背より秋

沼の辺の迷彩色から秋の蝶

墓碑銘にちちの名ははの名野分立つ

庖丁をどこかで研ぐ音夏至の闇

乾涸びて海盤車《ひとで》尊厳といふ形

梅雨明けの静かな風となりし猫

かなかなや猫の遺骨の軽《かろ》きこと
キンクロハジロ胸に潔白といふ標
陽の切片更に鋭く冬の川

どんど火の跡の尊厳闇の色
毀誉褒貶ひとつに括る紅葉山
道岐れ毒茸右を指して朽ち

人名が附きし沼より黒揚羽

降る雪を辿ればば樅の樹の天辺

雪降つて偏平になる農学部

凍滝の音なき音が反響す
冬めくや男神女神の魔除飴
棲むことと決めたる方位雁渡る

入念に敗者にも降る春の雪

居心地をはかりかねたる変り雛

陽賑はふ湖に白鳥熟睡せり

一呼吸日暮れ遅らす木守柿

観音の千手闊達水温む

早春や嵌め絵の麒麟動き出す

泣き笑ひ貌の縞馬春浅し

闇に散る桜てにをはあるらしく

十二色使ひきつたる植木市

翔ぶときの地鳴り曳きずる寒の雁

父の忌や寒気斬り出す鳶の輪

縛り地蔵に空騒ぎする春の雪

鳶の輪の二つ重なり水温む

二の丸の野面の起点蛇の衣

煎餅嚙む音に母の日母の音

散骨の湖は螺鈿の星月夜

羽抜鶏

羽抜鶏影踏み遊びはもう終はり

浴衣着て長子大きな喉仏

垣覗く鹿の目の濡れ白毫寺
空席に雪女ゐる五能線
粗筋はおほかた懲悪鮟鱇鍋

雪吊りの天辺紺の天上界

早暁の序破急大樹の木守柿

早池峰の裾に近づき野火猛る

露天湯に一気に傾る紅葉山

塩竈の詳細絵図や菜の花忌

母の忌や縄目に撓る凍豆腐

夏帽子まぶかに被り蚤の市

啓蟄や家移りの荷朱で封印

大輪の牡丹一輪奥より応

丁重に断る口実さくらんぼ

顔《かんばせ》に夏至の陰影吉祥天

接岸の綱抛る無言鳥曇

外つ国の緑陰脆し馬頭琴

渚から湧いたばかりの夏の蝶

秋鯖捌く手順の一つ庖丁砥ぐ

青空の荷電体なり曼珠沙華

縛り地蔵の縄の解れや野分晴れ

大豆干す筵緻密な領土地図

佛の間旅の鞄と蠅叩き

赤い表紙のロシア文学小鳥来る

水面に指令打電の鬼やんま

めくばせし潮に消えし雪螢

硝子戸を枠に木枯しといふ一枚

平坦な古墳の謂れ冬椿

凍て枯れの噴水核に鳶の輪

団子買ふための行列漱石忌

顚末はごく手短に牡蠣雑炊

どの家も裏山を持つ蚕飼村

ほこほこと雪積む嵩や二戸駅

忙中閑男雛の貌に女雛の相

法楽のごとく野蒜に味噌をつけ

最上段に「山家集」在り春の月

力溜め咲かむと泰山木の花

スクランブルを正しく渡り養花天

軽やかな音で運ばる夏料理

馬柵《ませ》奥の海霧の中なる胎蔵界

詠んでも読んでも八月十五日

秋の蚊を産みて犇めく無縁佛

溜息のごとき真闇の遠雪崩

殉死者が向き合ふ墓石冬の蝶

落葉舞ふは地の喝采日暮るるまで

鈴の緒の麻の光沢建国日

雪解雫を囃す雀や兵舎跡

話し戻すきつかけ炭をひとつ足す

祖霊みな立ち上りをり樹氷林

北へ向かふ車窓末黒野から暮るる

星の図鑑だけが書架から抜けた春

落人の村まで十里桐の花

奥羽越列藩同盟雪崩山

馬柵の扉に凭れるうしろ春岬

鳶の輪の二重三重なり鹿尾菜干す

謹厳な青田平たき奥州路

縞馬の臀笑ひ出す夏の雨

鉄風鈴一子相伝菓子本舗

ひぐらしや戦没画生の蒼い画布

朴落葉

眼前に散ればば遺書めく朴落葉

秋風がごつんごつんと妙義山

綿虫や小島に渡る朱い橋

葷酒入門不許の山門雪雫

聞き役となるに焚火に背を向けむ

冬ざれの畔の座標を貨車過ぎる

血縁の薄き家系図春の鴨

尖らせて渡す鉛筆春一番

うたかたや母の生家の花瓢

涅槃西風和綴の医書の人体図

街角に鰐が居眠る四月馬鹿

春光や写真のネガに父不在

あぢさゐの藍は致死量ほどの色

五言律詩のごとく紫陽花紺の韻

四次元は闇の手前か花盛り

懐旧の街に陽気な夏つばめ

土門拳の白い濃淡原爆忌

冬立つや夢に雲形定規嵌め

鬼やらひ書棚に戻す「堕落論」

恐竜の骨格がらあき蕎麦の花

悔恨の起点となりぬ胡桃の実

立冬の空へ蛇口の瞑い口

瞼より上で綿虫見失ふ

方位角定め白鳥順に翔つ

夕刻といふ刻溜めて大氷柱

切岸の氷柱は海へ向く鈍痛

星一つの岩波文庫春コート

大地震の咆哮満天春の星

帰化たんぽぽ放射線量未測定

原発の煙突孤立被災地夏

浮かぶ貌あり萍の白い隙

括られて津波のがれの垂れ稲穂

風吹けば萩紅白の相聞歌

原発の歪な威嚇鳥交る

鉄塔の傾ぐ錯覚半夏生

酒壺の円心鎮め夏終はる

十六夜の酒呑童子はよく眠り

軽便鉄道跡を木枯ほうと抜け

濤音をわづかに梳いて雪囲

冬川に孤高の鳥や炉心溶け

みちのくの裂傷つぶさ花辛夷

夏つばめ飛びゆく先はみな未来

気仙沼

瓦礫に佇つ海猫《ごめ》の六羽が一列に

夏燕茂吉生家に稚児《やや》の声

徽匂ふ茂吉文庫に野間宏

横に広がる茂吉系譜や遠青嶺

彩雲や卓に手帳とサングラス

片蔭のここが定位置人を待つ

指切りの指持て余し夏終はる

手を打ちし音の不揃ひ踊りの輪

「混沌」にルビは「カオス」と虫の闇

精一杯洒落て悲恋の菊人形

伎芸天女が手繰る撚り糸雪ばんば

小春日や本音を吐かぬ鸚鵡貝

散り際はいつも雑兵冬紅葉

読経めく瓦礫処理場雪解音

匙に映る貌の間抜けさ四月馬鹿

指輪のない指が指差す藤の花

沢蟹は守護大名の裔の貌

豊潤な言葉あるらし雲の峰

待つといふ時間の積層吾亦紅

多賀城碑按察使《あぜち》が過ぎる刈田道

凍滝や鳶は円周また縮め

初風呂の湯舟から抜く老いの脚

壊れずにしゃぼん玉往く津波痕

空想の連鎖断ち切る滝の前

田鼠化して鶉となるや祝電来

黄昏はいつも放蕩旱梅雨

凭れたき一樹決めたり昭和の日

私書函はいつも空つぽ桐の花

単純になりし係累麦こがし

智恵子背の大きなほくろ花辛夷

河渡る蛇を見し夜や火打ちの火

狛犬の阿が吐く残暑吽が吸ひ

石階の磨滅に嵌る瑠璃蜥蜴

木の杓のすぐ浮き上がる芋煮鍋

切り口に愛があるらし水蜜桃

起き抜けの骨が鳴り出す九月尽

観能に白鳥飛来の河渡る

蒼天や乾鮭どれも厚き唇

被災後の地割れ吼ゆれば雪を呼ぶ

清濁を合はせ雪解の街暮るる

菜の花

菜の花や剝落細胞数億箇

菜の花や酒と刺身と裕次郎

櫂のごと椀の海雲《もづく》を掬ひたる

泰安殿跡地声高あぶら蟬

炎天下ここより帰還困難地

文倉の里や楤の芽隙だらけ

木彫りの河馬剛毅に並び夏逝かす

ひたすらに長い片蔭領土とす

いつからを余生とするや花氷

七夕や採尿コップの紙質感

みちのくはわが生息地納豆汁

俗謡の路地を抜け出て手套嵌む

貝ボタン一つづつ嵌め秋に入る

ぶだう種吐き出す皿に子猫の絵

餅花や家系図縦の線多し

人日や無聊の指が卓叩く

枝城の野面石垣蚕飼村

日蝕果て白鳥帰る位置糺す

欠落の多き家系図花うつぎ

公衆電話そこにあるだけ草矢打つ

薔薇苑の影の一つになつて佇ち
坂の途次落葉溜りの感化院
時鐘櫓に誰も顎上げ今年酒

蠟涙は愛語の溜り稚児地蔵

何も置かぬ卓は嘘めく梅雨晴間

右向けば右には右の冬景色

浪音の間合ひを測り寒に入る

窯跡の空虚に入日枯木立

祈禱所の巫女の背に降る秋陽の斑

野次飛ばす如く豚舎の軒氷柱

冬ぬくし鍵束の鍵手になじむ

十二月八日の日記晴れとのみ

新聞の折り目の如く寒波来る

末黒野の果てたる此処に津波痕

遠景の津波の痕に辛夷咲く

被災地の散華となりし夕辛夷

山彦が返さぬ一語花辛夷

車座を抜けた男に春の闇

弥勒如来少し唇開け梅雨の闇

音もなくたてし轟音青けやき

春眠や二度目の夢は泡の中

畳鰯ほどの不安な春の夢

報告をまづは己に竹の秋

八百屋より魚屋大声梅雨に入る

全身写す鏡の奥の炎天下

白桃に含み笑ひほどの紅

水際に置けば艶めく桃一顆

内視鏡検査日決まりトマト切る

無言で出す手術同意書秋落暉

病室の窓使ひ切る秋入日

鐘楼の影の先端より晩秋

佛像の背面見るや冬紅葉

安達太良の裾に智恵子の冬紅葉

剝落の日時計の白萩の枯

得るものは無くて威を張る冬の蜂

中空に菩薩あるらし枯銀杏

あとがき

蕪村が「発句集は出さずとも……」ということを、六十二歳のときに著した「新花摘」に書いている。その言にこだわった訳ではないが、やがて八十歳になるのを機にやっと句集を出す気になった。

俳句を作り始めたのは、大学に入って間もなくのことで、以来、およそ六十年の間、ほとんど俳句に関わってきたことになる。大げさな言い方だが、私の人生は大部分が俳句そのものだったように思う。なによりも俳句を通じて得難い沢山の方と出会えたことには感謝以外の何ものもない。

句集の表題は、作中の「木椅子組む台風の目の中に居て」からとった。この句は、長男が二～三歳のころ、小さな木の椅子を私が手作りしたときのものである。

作品が、感傷や事柄の単なる報告にならないように気遣ったつもりだが、私個人としては捨てがたい作品も入ってしまい、読み手にとっては迷惑なことかもしれない。苦笑しながらでも目を通していただければ幸いである。

句集には、昭和の時代、平成の時代それぞれ、ほぼ三十年間の作品から選んだが、昭和の時代の前半、私が二十歳になった頃の昭和三十七年代は俳句界が社会性俳句の終焉期にあったとはいえ、多少の影響を受け、若気の至りで、気負のある自己満足した句が多くあり、それらを外したことから平成の時代の句の方が多くなった。いずれにしろ、私個人の生きてきた道程を垣間見せることになったが、寛容なお目通しを戴ければ有り難いと思う。

八十歳を傘寿というならこれからの人生も大きな傘を広げ、好奇心を大いに煽り、俳句づくりを続けたいと思っている。
最後に、この句集を上梓するに際し、桑名市の中村仿湖氏、仙台市の淺沼眞規子氏、そして企画から出版までを懇切に導いて下さった紅書房社主の菊池洋子さんに深く謝意を申し上げたい。

平成三十年六月

稲村　茂樹

稲村茂樹　略歴

昭和14年２月11日　青森県に生まれる
昭和32年４月　明治大学経済学部入学
昭和33年　「明大俳句」で西垣脩先生の指導を受ける
昭和34年頃「風」に入会
昭和41年　「風」同人
昭和42年　現代俳句協会会員となる
昭和48年　「陸」創刊により同人として参加、現在に至る
昭和51年　「風」退会

所　属
現代俳句協会会員
宮城県俳句協会会員

現住所
〒983-0836　宮城県仙台市宮城野区幸町3-7-4-307

句集　木椅子　奥附
著者　稲村茂樹＊発行日　二〇一八年八月二十四日　第一刷
発行者　菊池洋子＊印刷所　明和印刷＊製本　新里製本
発行所　〒一七〇-〇〇一三　東京都豊島区東池袋五-五二-四-三〇三
紅（べに）書房　info@beni-shobo.com　http://beni-shobo.com
電話　〇三（三九八三）三八四八
FAX　〇三（三九八三）五〇〇四
振替　〇〇一二〇-三-三五九八五
落丁・乱丁はお取換します
ISBN978-4-89381-330-5
Printed in Japan, 2018